창덕이와 붕어빵

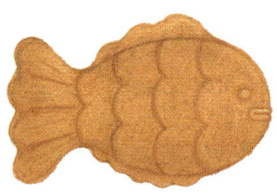

이 책은 한때 떠돌이 생활을 하다 지금은 제 친구의 가족이 된 강아지,
유창덕(현재 8세 추정)에게 영감을 받아 만들었습니다.

창덕이와 붕어빵

글·그림 김승연

object

이 책의 저작권은 김승연과 (주)오브젝트 생활연구소에 있습니다.
저작권법으로 보호받는 저작물이므로 저작권자의 서명 동의 없이
다른 곳에 옮겨 싣거나 베껴 쓸 수 없으며
전산장치에 저장할 수 없습니다.

창덕이와 붕어빵

초판 1쇄 발행일 2021년 12월 25일

글 김승연 / 그림 김승연
펴낸이 유세미나, 이영택 / 펴낸곳 (주)오브젝트 생활연구소

편집 신현숙(신신양행) / 제호 장수영(양장점) / 디자인 이경수(워크룸)

인쇄 인타임

등록 제2020-000121호

주소 서울특별시 서대문구 연희로 142 2층
연락처 object.md@gmail.com 02-3144-7778

ISBN 979-11-970857-1-0
값 18,000원

창덕이와 핑구 그리고 콜라에게

차례

둥글게 둥글게 — 8
장미맨숀 304호 — 24
빈대떡 신사 — 36
멍멍! 멍멍멍! — 50
광대 — 60
너와 나의 호박씨 — 76
설탕 한 스푼 — 86
꽃밭에서 — 96

등장인물 — 105

탕울이 이야기(에필로그) — 114

둥글게 둥글게

붕어빵이 세 개에 백 원이던 가까운 옛날.
하루에 버스가 세 번만 오는 작은 시골 마을.
마을에서 제일로 인자한 할아버지와
먹는 걸 제일로 좋아하는 강아지 창덕이가 함께 살고 있었어.

어느 날 아침,
늦잠을 자던 창덕이는
고소하고 달콤한 붕어빵 냄새에 눈을 떴어.

집에 놀러 올 말썽꾸러기 손주 동구를 위해
할아버지가 읍내에서
붕어빵 백 원어치를 사 오셨지 뭐야.
집안에 가득한 붕어빵 냄새가 창덕이는 아주 맘에 들었어.
신이 난 창덕이가
온 집안을 얼마나 서성거렸는지 몰라.

드디어 기다리고 기다리던
붕어빵 먹는 시간이야.
그러니까 드디어 동구가 창덕이네 집에 놀러 온 거야.

창덕이와 할아버지 그리고 동구,
이렇게 세 명은 붕어빵을 가운데 놓고 다 함께 모여 앉았어.
처음 한 개는 동구에게
그 다음 한 개는 할아버지,
그리고 마지막 한 개는
바로! 바로! 다시 동구?
'맙소사!'
빈 접시를 바라보던 창덕이는
너무 실망한 나머지 그만 눈물이 났어.

그날 이후,
창덕이는 집구석에 누워 시름시름 앓기 시작했지.
먹는 걸 좋아하는 창덕이었지만
입맛도 없고 사는 게 재미가 없었어.
'동구 미워. 할아버지 미워.'
골이 난 창덕이의 시름만 깊어질 뿐이었어.

창덕이가 보이지 않자
걱정이 된 마을 강아지들이 창덕이네 집에 병문안을 왔어.
며칠 사이 몰라보게 수척해진 창덕이의 이야기를 듣고
강아지들은 진심으로 슬퍼해 줬어.
"멍멍! 멍멍멍!"
태어난 지 얼마 안 된 하룻강아지가
인간이란 짐승은 믿을 게 못 된다며
더는 마음을 주지 말라고 조언도 해 줬어.
창덕이는 자기도 모르게 고개를 끄덕이고 말았지.

바로 그때
뒷산에 살던 무시무시한 들개형이
창덕이네 집으로 불쑥 들어온 거야.

장미맨숀 304호

들리는 소문에 따르면
들개형은 엄청 큰 도시에서 방울이란 이름으로 살았었대.

옛날의 들개형 아니 방울이는
부녀회장님 댁 강아지 몽실이처럼 방안에 살면서
사람에게 안겨 다녔대나 뭐라나.
방울이는 단내가 나는 뽀얀 털이
솜사탕마냥 아주 많이 귀여웠었나 봐.
여하튼 그랬다더라고. 들리는 소문에 말이야.

칠흑 같이 어두웠던 어느 밤,
들개형 아니 방울이가
눈부시게 반짝이는 새하얀 승용차를 타고

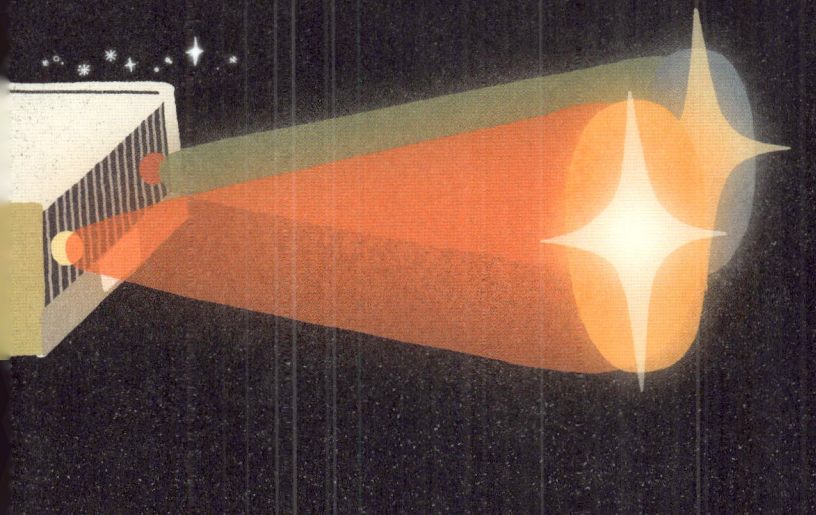

우리 마을에 처음 왔을 때

이렇게나 오래 여기 있게 될 줄은
아무도 몰랐을 거야.
하지만 지금의 방울이는 무시무시한 들개형이 되어
마을 강아지들 사이에서 악명이 자자하단 말이야.
잠시라도 방심하면 들개형이 사료를 몽땅 먹고 달아나는 통에
끼니를 거른 마을 강아지들이 한둘이 아니었으니까.

창덕이네 집에 들어온 들개형은
죽을상을 한 창덕이에게 이렇게 말했어.
"멍멍 멍멍멍 멍멍멍 멍멍."
(이 앞을 지나던 길에 의도치 않게 네 이야기를 다 들었다.
지금은 불가능해 보이겠지만
붕어빵을 먹을 수 있는 방법이 꼭 있을 거야.
벌써 포기하기엔 너무 이르다고 생각하지 않나?)
들개형은 말이 끝나기가 무섭게 창덕이의 밥을 다 먹어치우더니
뒷산으로 유유히 사라져 버렸어.
창덕이는 망치로 뒤통수를 맞은 것처럼 머리가 하얘졌어.
'맞아! 포기란 말을 하기엔 붕어빵은 너무나 맛있을 테니까!'
창덕이의 머릿속은 다시 붕어빵으로 가득 차기 시작했어.

빈대떡 신사

더 이상 오늘의 창덕이는 어제의 창덕이가 아니야.
반짝이는 눈동자.
윤기나는 검은 코.
붕어빵을 찾을 수 있는 작은 단서 하나도 놓치지 않기 위해
창덕이는 할아버지를 미행하기 시작했어.
할아버지가 창덕이 몰래
읍내에서 붕어빵을 드시고 올지도 모르니 말이야.

할아버지는 창덕이의 미행을 전혀 눈치채지 못하셨어.
오히려 요리조리 눈치를 보는 창덕이와
눈이라도 마주치면
뭐가 그리 좋으신지 연신 "허허" 하고 웃으셨어.
가끔 창덕이 머리도 쓰다듬어 주시면서 말이야.
창덕이는 그 틈을 타 할아버지의 입이랑 코도 꼼꼼히 조사했어.
매번 양파와 몇 년 묵은 된장 냄새가 날 뿐이었지만
창덕이의 수사는 한치의 흐트러짐이 없었지.
그날이 그날 같은 할아버지의 시간은
그날도 그렇게 천천히 흘러갔어.

옛날 옛날 젊은 할아버지는
아침마다 양복을 입고
읍내에 있는 엄청나게 큰 회사에 다녔대.
할아버지는 분명 마을에서 제일가는 멋쟁이셨을 거야.

하지만 웬걸,
마을에서 제일가는 멋쟁이는 멋쟁이의 본분을 잊은 채
아침에도 일하고 저녁에도 일하고
그렇게 하루 종일 일만 했던 거야.

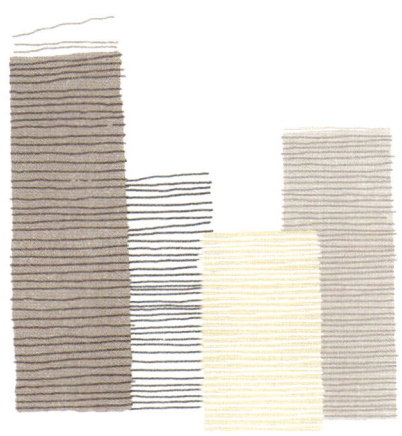

이를 딱하게 여긴 마을 이장님이 할머니를 소개해 주셨고

할아버진 결혼도 하고 자식도 낳았대.

가족들에게 붕어빵을 더 많이 사주고 싶으셨던 걸까?

안 그래도 밤낮으로 일만 하던 할아버진
결혼하고 나서 전보다 더 열심히 더 일만 했대.

그렇게 평생 일만 하다
더 일할 수 없게 된 늙은 할아버지는
다시 또 혼자가 되었어.
역시 인간이란 믿을 게 못 되나 봐.

그러던 어느 날,
마을을 떠돌던 아기 강아지가 초록 대문 집에
밤송이 마냥 굴러 들어왔어.
그냥 저냥 할아버지가 밥을 주다 집도 주고
그렇게 둘은 가족이 되었대.
맞아. 그 아기 강아지가 바로 창덕이었어.

그런데 마을에서 제일로 멋쟁이였던 할아버진
오늘도 방안에 누워만 계시잖아.
'이렇게 날도 좋은데,
나랑 같이 양복 입고 읍내에 놀러 가면
얼마나 좋을까…'
창덕이에건 도무지 이해할 수 없는 것 투성이었어.
작은방에 걸려있는 근사한 양복은 언제 입으실는지.
그날도 할아버지를 찾아오는 사람은 아무도 없었어.

멍멍! 멍멍멍!

시간이 흐를수록 창덕이의 마음은 점점 조급해졌어.
'이대른 안 되겠다. 들개형을 찾아가자!'
창덕이는 용기를 내
뒷산에 사는 무시무시한 들개형을 찾아갔어.
형은 바위에 걸터앉아 풀피리를 불고 있더라고.
"멍멍… 멍멍… 끙끙.
(형, 안녕? 나 유창덕이라고…. 나 알지?)"
들개형은 말없이 고개만 끄덕였어.
"멍멍멍.
(있잖아, 형. 나 고민이 있어)'
역시나 형은 아무 말이 없었어.
"멍멍 멍멍멍…. 멍멍 멍.
(그러니까… 포기한 건 아닌데
어떻게 해야 붕어빵을 먹을 수 있을지 도저히 모르겠어.)"
머쓱해진 창덕이가 꼬리를 살랑살랑 흔들며
수줍게 이야기를 꺼낸 그때,
보드라운 털 사이로 날카로운 들개형의 눈이 매섭게 번뜩였어.

"멍멍멍! 멍멍멍!
(언제나 답은 너 안에 있지. 이제 필요한 건 용기와 결단뿐.
내가 너에게 해줄 수 있는 말은 여기까지!)"
들개형은 이렇게 말하고선 다시 풀피리를 불기 시작했어.
알고는 있었지만,
입 밖으로 한 번도 꺼내 본 적 없던 말들.
용기 그리고 결단.
뒷산을 내려오며 창덕이는 왠지 모를 감정에
가슴이 벅차오르는 것을 느꼈어.
창덕이가 뒷산을 내려가고 한참이 지나도록
풀피리 소리는 계속해서 들려왔어.

창덕이가 집으로 돌아간 후,
들개형은 이상한 기분이 들었어.
갈대밭에 덩그러니 놓인 바위에 앉아 풀피리나 불고 있는 자신이
더없이 초라하게 느껴졌지.
세상에서 제일 잘난 강아지인 양 창덕이에게 맘대로 지껄여놓고
정작 자신은 몇 년째 이곳에서 한 발자국도 벗어나지 못하고 있잖아.
홀로 뒷산에 남겨진 들개형의 눈가에 눈물이 고였어.

집으로 돌아온 창덕이는
밤하늘에 별이 가득해질 때까지 생각하고 또 생각했어.
이따금씩 할아버지의 코 고는 소리가 자장가처럼 들려왔지.
얼마나 시간이 흘렀을까.
갑자기 창덕이가 두 주먹을 불끈 쥐더니
비장한 목소리로 나지막이 속삭였어.
"멍멍! 멍멍멍!
(그래! 결심했어! 내가 직접 붕어빵을 사러 갈 거야!)"
한 번도 마을을 벗어난 적 없던
유창덕의 붕어빵 대모험이 그렇게 시작된 거야.

광대

뜬눈으로 밤을 지새운 창덕이는
작은방에 들어가 단정하게 손질되어 있는 할아버지의 양복을
조심스레 꺼내 입었어.
자꾸만 꼬리가 허리춤으로 삐져나와 애를 먹었지만 말이야.
베레모를 쓰고 가방까지 든 창덕이는
자신의 모습이 꽤 근사하다고 생각했어.
자꾸만 거울에 자기 모습을 비춰보는 창덕이었어.
창덕아, 그만 정신 차려.
'앗! 서두르자.'
창덕이는 읍내에 가는 첫차를 타기 위해 서둘러 집을 나섰어.
동구 녀석이 두고 간 백 원도 손에 꼭 쥐고서!

"꼬끼오! 꼬끼오!"
평소 창덕이를 마뜩지 않게 여기던 옆집 수탉이
어찌나 시끄럽게 소릴 지르던지.
이러다가 마을 사람들이 아침인 줄 알고 일어나겠는걸!
읍내에 다녀와 수탉에게 오늘 일을
단단히 따져 물어야겠다고 생각한 창덕이는
걸음을 재촉하며 조심히 집 앞 골목을 빠져나왔어.
창덕이가 할 일이 있어 그런 거지
절대 수탉 녀석이 무서워 그런 건 아닐 거야.
살금살금… 조심조심…
귀가 조금이라도 움직이면 모자가 내려와 눈을 가리고
모자를 얼추 올리면 바지가 내려가
다른 손으로 바지를 추켜올려야 했어.
이런 …. 양말도 짝짝이로 신고 왔잖아.
하지만 이젠 되돌릴 수 없는 일.
뒤뚱뒤뚱… 어기적어기적…
수다쟁이 하룻강아지도 엄살쟁이 복슬강아지도
그 순간만큼은 아무 말도 하지 않았지.
오직 친구들은 창덕이가 마을을 무사히 빠져나갈 때까지
그의 뒷모습을 숨죽여 지켜볼 뿐이었어.

저 멀리 동구 밖에서,
아침 해처럼 둥그렇고 흰한 헤드라이트가 반짝였어.
드디어 읍내에 가는 오늘의 첫 번째 버스가 정류장에 도착한 거야.
창덕이는 조금 머뭇거리는가 싶더니,
이내 버스에 올라탔어.
'에라, 모르겠다.'
"부릉~ 부릉~ 부르릉~"
드디어 창덕이를 태운 버스가
안개보다 더 하얀 연기를 마구마구 내뿜으며 마을을 떠났어.
"멍멍! 멍멍멍! (할 수 있어! 유창덕!)"
저기 저 뒷산에서 들개형의 목소리가 메아리쳐 들려왔어.
그렇게 있는 힘껏 소리친 들개형은
바위를 향해 시원하게 쉬를 싸고는
뒤도 돌아보지 않고 산에서 내려왔대.
그리고 다시는 뒷산에 오르지 않았다나 뭐라나.

"덜커덩!"
창덕이가 버스에 타자마자
기다렸다는 듯 버스문이 닫혔어.
"어르신, 일찍부터 어디 좋은 데 가시나 봐요.
오늘 아주 근사하시구먼요.
날씨가 차니께 얼른 저짝에 앉으셔요."
버스기사 아저씨의 따뜻한 마음씨에 용기를 낸 창덕이는
새하얀 이빨을 드러내며 어색하게 웃어 보였어.
"허허… 허허…."
이내 창덕이는 정신을 바짝 차리고 맨 끝 자리에 가 앉았어.

이른 아침이라 그런지 다행히 버스에는 아무도 없었어.
"휴우~"
그제야 겨우 숨을 돌린 창덕이는
할아버지의 가방을 꼭 끌어안았어.
물론 손에 쥔 백 원도 더 꼭 쥐었고 말고.
저 멀리 산 너머로 동이 트고 있었어.

얼마나 갔을까?

어느새, 버스 안은 사람들로 가득 차 있었어.

그나저나 이렇게 이른 아침부터

사람들은 도대체 어디에 가는 걸까?

도통 알 수가 없어 버스 안을 자꾸만 두리번거리는 창덕이었어.

"킁킁!"

'이 냄새는 된장찌개?!

누가 정말 맛있는 된장찌개를 먹었나봐.

나도 집에 있었으면 지금쯤

할아버지가 밥을 한 그릇은 더 주셨을 텐데….

아이고, 배고프다. 배고파.'

창덕이의 코가 씰룩씰룩 움직이고

바지 뒤에 꼭꼭 숨겨둔 꼬리가 자꾸만 들썩거렸어.

온갖 근심과 걱정이 창덕이를 더 배고프게 만들었지.

아니. 아니. 배고프니까 더 무서웠던 걸지도 몰라.

창덕이의 배에서는 연신 꼬르륵 소리가 났어.

'도대체 읍내엔 언제 도착하는 거야?

아 무서워… 배고… 파…'

"드르렁~ 드르렁~."
"어르신! 어르신! 읍내에 다 왔구만요. 얼른 일어나세요!"
깜빡 졸다 눈을 떠보니
세상에나, 읍내에 벌써 도착한 거 있지?
창덕이가 오늘 일찍 일어나긴 했지 뭐.
할아버지 가방 위엔 창덕이가 흘린 침이 가득 고여 있었어.
'이잉. 할아버지가 아끼는 가방인데…'
아직 잠이 덜 깬 창덕이는 입가에 묻은 침을 닦으며
버스에서 내렸어.
"어르신 그럼 일 보셔요~"
방심했던 창덕이는 얼른 정신을 차리고
기사 아저씨에게 새하얀 이빨을 드러내며 웃었어.
아이고야, 정말 너무나도 다정한 기사 아저씨.
덕분에 창덕이는 버스에서 내릴 때까지
긴장의 끈을 놓을 수 없었다니까.

"양동이 사세요~"
"양동이 말고 바가지 사세요~"
"골라! 골라! 골라잡아!"
"아줌마도 골라. 아저씨도 골라."

너와 나의 호박씨

읍내는 엄청나게 넓고 사람도 무진장 많았어.
얼마 전 마을에 생긴 신작로하곤 비교도 안 될 만큼
복잡하고 정신없었다니까
"부릉부릉~!"
소듸구지보다 커다란 트럭 소리에 놀라
창덕이의 다리도 부들부들 떨리기 시작했어.
쫄보가 된 창덕이는 얼른 붕어빵을 사서 집으로 돌아갈 계획이야.
'아, 맞다. 그나저나 붕어빵을 어디서 사지?'
창덕이는 시장 사람들에게
붕어빵집이 어디 있는지 물어봐야겠다고 생각했어.
하지만 창덕이는 곧 좌절하고 말았어.
'아, 맞다. 나 말할 줄 모르지?'
읍내에 오기만 하면 다 해결될 줄 알았는데
창덕이에겐 무엇 하나 쉬운 게 없었어.
이러지도 저러지도 못하던 창덕이는
그 자리에 한참 서 있었어.
'아… 집에 가고 싶다.'
창덕이가 마을을 떠날 때 가졌던 패포는 다 어디로 간 걸까?

'어머! 저 강아지 좀 봐!
사람처럼 양복을 입고 있잖아!'
한없이 작아진 창덕이는
사람들이 자기를 보며 자꾸만 쑥덕대는 것 같았어.
참 이상하기도 하지?
아무도 그렇게 말하고 있지 않았는데
모두가 창덕이를 그렇게 바라보고 있는 것만 같았다니까.
그런데 말이야 아까부터 어떤 여인이
창덕이를 힐끔힐끔 쳐다보는 게 아니겠어?
'아뿔싸! 들통나고 말았구나!'
섬뜩한 기분이 든 창덕이는
차마 고개를 들어 누군지 쳐다볼 엄두가 나지 않았어.
이렇게 붕어빵을 향한 창덕이의 기-ㄴ 여정이
막을 내리게 되나 봐.
할아버지한테 혼쭐날 생각을 하니
안 그래도 처진 창덕이의 꼬리가 더 축 처지고 말았어.

"헉! 멍멍! (아니, 너는 부녀회장 아줌마네 몽실이?)"
창덕이는 꿀떡 봉지를 손에 들고 소쿠리를 옆에 낀
몽실이를 만났지 모야.
의문의 여인이 바로 몽실이었다니!
세상에나, 몽실이는 얼굴에 분칠도 했더라니까.
너무 놀란 창덕이는 그만 다리에 힘이 풀려
그 자리에 주저앉고 말았어.
"쉿! (비밀!)"
몽실이는 부녀회장 아줌마가 제일 아끼는 스카프 사이로
의미심장한 윙크를 남긴 채 유유히 자리를 떠났어.
덩하니 바닥에 앉아있던 창덕이가 정신을 차렸을 댄
몽실이의 모습은 어디에서도 찾을 수 없었지.

창덕이는 얼마 전 '꿀떡꿀떡'하며
노래를 부르고 다니던 몽실이의 모습이 떠올랐어.
'그래. 그랬던 거야.
모두 자기 꿈을 위해
이렇게 치열하게 살고 있었던 거야.
브녀회장 아줌마 없이는
아무것도 할 줄 모를 것 같던 몽실이에게
이런 배포가 있었다니….'
몽실이를 만나고 나니
창덕이도 뭔가 할 수 있을 것만 같았어.
창덕이의 심장이 쿵쾅거리며 다시 요동치기 시작했지.
"멍멍!
(그래. 용기를 내자!)"
창덕이는 벌떡 일어나
엉덩이에 묻은 흙을 특툭 털어냈어.

'앗, 이 냄새는!'
한번 맡아본 후 한시도 잊어본 적 없던 붕어빵 냄새가
순식간에 창덕이의 코를 스치고 지나갔어.
'그래 맞아. 나에겐 마을에서 제일가는 용코가 있었어!
할아버지가 꼭꼭 숨겨두신 삶은 고구마도
결국엔 내가 다 찾아냈는 걸.'
요리조리 눈치를 보며 주변을 살피던 창덕이는
킁킁거리며 다시 붕어빵집을 찾기 시작했어.
한 걸음 한 걸음,
창덕이는 모든 정신을 코끝에 집중했어.
좌회전 우회전 그렇게 쭉 가다가 다시 또 우회전….
창덕이의 발걸음은 확신으로 가득 차 있었어.
이제서야 사람들을 똑바로 바라볼 용기가 생긴 거야.
뿌옇던 붕어빵 냄새가
금세라도 손에 잡힐 듯 가까워졌어.

설탕 한 스푼

시끌벅적한 신작로와 미로 같은 시장통을 지나
창덕이는 드디어 붕어빵집 앞에 도착했어.
가판대에 놓인 노릇노릇한 붕어빵을 보자
창덕이가 이성을 잃고 달려들 뻔, 했지만!
창덕이는 매너 있는 강아지니까.
"흠흠!"
숨을 고르며 괜스레 헛기침을 하는 챵덕이었어.
"어서 오세요, 어르신. 붕어빵 드려요?"
붕어빵집 아줌마의 말에
창덕이는 조용히 고개를 끄덕이고선
소중히 품고 온 백 원을 드렸어.
통통한 팥이 한가득 든 첫 번째 붕어빵.
노릇노릇 바삭하게 구워진 두 번째 붕어빵과
유난히 먹음직스러워 보이는 세 번째 붕어빵까지!
창덕이에게 감쪽같이 속은 붕어빵 아줌마가
창덕이에게 붕어빵 봉투를 건넸어.
하지만 아직은 안심할 수 없는 일.
아줌마에게 감사의 눈빛을 보낸 챵덕이는
잽싸게 자리를 떠났어.

창덕이는 인적이 드문 골목길에 들어서자마자 주변을 살피고선
가장 커다란 붕어빵 하나를 꺼내 들었지.
"앙~!"
창덕이가 붕어빵을 한 입 베어 물었을 때
하늘에선 목화솜처럼 새하얀 함박눈이 내리기 시작했어.
영화의 한 장면처럼 말이야
그 순간만큼은 온 세상이 창덕이를 응원해 주는 것 같았다니까.
'아~ 달다. 달아.
세상에서 제일로 달콤한 맛이야!'
창덕이는 복받쳐 오르는 감정을 겨우 추스르고
붕어빵을 또 한 입 베어 물었어.
'하나는 사자마자 먹고.
다른 하나는 돌아오는 버스에서 먹어야지.
그리고 마지막 붕어빵은
아껴뒀다 집에 가서 혼자 먹을 거야.'
절대로 할아버지에게 주지 않겠다고 결심한 창덕이었어.

무슨 일이든 처음은 힘들지만, 그다음은 좀 더 쉬운 법.
창덕이는 능숙하게 마을로 가는 마지막 버스에 올라탔어.
버스에서 몰래 먹은 두 번째 붕어빵은 정말 꿀맛이었지.
마을 어귀에서 집까지 걸어가는 동안
바지 뒤춤으로 삐져나온 창덕이 꼬리가 얼마나 살랑댔는지 몰라.
창덕이가 지나갈 때마다
온 마을 강아지들이 붕어빵 냄새를 맡고 어찌나 부러워하던지.
조금 미안한 마음이 들기도 했지만
집에 가서 먹을 마지막 붕어빵 생각에
발걸음이 한결 더 가벼워진 창덕이었어.

하지만 집에 돌아와
혼자 주무시고 계신 할아버지를 보자
창덕이의 마음은 한없이 약해졌지.
저녁밥도 안 드시고 또 텔레비전 보다가 잠드셨나 봐.
불 꺼진 방 안에서 지지직거리는 텔레비전 소리가 들려왔어.
아, 맞아. 맞아 물론 할아버지의 코 고는 소리도.

한참 동안 방문 앞을 서성이던 창덕이는
결국 마지막 붕어빵 한 개를
주무시는 할아버지 머리맡에 가져다 두었어.
그리고선 마지막 붕어빵이 너무나 먹고 싶어 엉엉 울어버렸대.
그렇게 엉엉 울다 잠이 든 창덕이는 꿈을 꾸었어.

꽃밭에서

"따르릉~ 따르릉~"
대청마루에 앉아
할아버지를 기다리던 창덕이가 전화를 받았어.
"여보세요?"
'어? 내가 말을 할 줄 아네.'
창덕이는 그런 자신이 좀 신기했지만
이내 별일 아닌 듯 대수롭지 않게 생각했어.
"창덕이냐? 할ㅇ-비다."
"응. 할아버지."
"붕어빵 사러 읍내 가게 얼른 신작로로 나오너라."
"할아버지! 정말 나도 붕어빵 사주는 거야?"
'암 그럼 그럼. 우리 창덕이 붕어빵 사주고 말고.
어여 가자. 어여."
창덕이는 전흐-를 끊자마자 후다닥 신작로로 달려갔어.

끝없이 펼쳐진 신작로를 따라 할아버지 손을 잡고 걸어가던 창덕이는
왠지 붕어빵을 먹었을 때보다 기분이 더 좋은 거 같았어.
어쩌면 태어나서 제일 좋은 기분이었어.
길가엔 창덕이가 제일로 좋아하는 해바라기들도
노랑 개나리, 연분홍 코스모스와 앙증맞은 민들레도 피어 있었어.
온 계절의 꽃들이 가장 아름다운 모습으로,
붕어빵보다 달콤한 향기를 뽐내면서 말이야.
'붕어빵집이 영원히 나타나지 않았으면….
이 꿈에서 영원히 깨어나지 않았으면….'
창덕이는 할아버지 손을 놓칠세라 더욱 꼬옥 잡았어.

다음 날 아침,
해가 중천에 떠 있는데도 창덕이는 쿨쿨 잠만 자고 있잖아.
창덕아, 어서 일어나. 밥 먹어야지.

그나저나 머리맡에 놓인 붕어빵을
할아버지는 맛있게 드셨을까?

등장인물

유창덕

할아버지와 초록 대문 집에 살고 있다.
먹을 것을 많이 좋아한다

유동만(현재)

창덕이네 할아버지.
텔레비전을 좋아하고 인자하다.

유동만(과거)

젊은 시절의 할아버지.
근면 성실하다.

유동구

할아버지의 손자.
가끔 창덕이네 집에 놀러 온다.

무명 강아지

마을 강아지들이 들개형이라 부른다.
뒷산에 산다.

하룻강아지

창덕이의 마을 친구.
덩치가 작고 겁이 없다.

복슬강아지

창덕이의 또 다른 마을 친구.
덩치가 크고 겁이 많다.

강몽실

마을 부녀회장님 댁 강아지.
멋부리는 것을 좋아한다.

의문의 여인

창덕이의 비밀을 알고 있다.

방울이 이야기 (에필로그)

안녕.
내 이름은 방울이(a.k.a 들개형).
장미맨숀 304호에서 어린 시절을 보냈어.
내가 마지막으로 기억하는 내 나이는 한 살.
한 살 이후 나이를 세어본 적이 없지.
그냥 나에게 나이는 숫자에 불과할 뿐.

내가 말했던가.
취미가 여행이라고.
그러니까 그날 밤, 내가 창덕이네 마을에 처음 온 날 밤이야.
나는 평소처럼 가족들과 새하얀 승용차를 타고 여행을 하고 있었어.
긴 여정에 지친 우린 갈대밭에 있는 바위에서 잠시 쉬어가기로 했어.
내가 이름 모를 낯선 벌레들한테 정신이 팔린 사이
가족들이 깜빡하고 나를 여기에 두고 간 거야.
저번에도 바닷가에 놀러 갔다가
내가 차에 탄 줄 알고 아빠가 그냥 출발해버린 거 있지.
그 바람에 쫓아가느라 얼마나 힘들었는지 몰라.
아빠가 이번에 또 그랬나 봐.
가족들이 집에 돌아가서 내가 없는 걸 알고 엄청 놀랐겠지?
그때 내가 더 빨리 뒤쫓아 갔어야 했는데….
가족들이 날 찾는다고 여기저기 헤매고 다닐까 봐 걱정이야.
헤매지 말라고 마을 어귀에 그렇게 쉬를 싸 두었는데
아직도 그 냄새를 맡지 못했나 봐.
아마 조금 더 시간이 걸릴 거 같아.

그렇게 하루가… 한 달이… 일 년이…
몇 년인지도 모를 시간이 지났어.
그동안 난 이 바위를 떠난 적이 없어.
가족들이 날 다시 찾으러 오면
바위 뒤에 숨어 있다가 깜짝 놀라줄 생각이야.
근데 아마 찾으러 오지 못할지도 몰라.
엄마 아빠는 정말 정말 바쁘거든.

이곳 생활은 괜찮기도 하고 그저 그렇기도 해.
다행인 건 이 가을엔 내가 세상에서 제일 좋아하는 홍시가
지천으로 깔려있다는 거야.
감나무에서 떨어진 잘 익은 홍시를 배 터지게 먹고
뒷산 바위에 누워 풀피리를 불다 보면 세상 시름이 다 잊히는 것 같아.
아무 집이나 들어가 다른 강아지들 사료를 훔쳐 먹기도 하고.
여기저기 쉬를 싸고 다녀도 아무도 뭐라고 하지 않는다니까.
아직까지 밤은 좀 무섭지만 말이야.

아까 말했지? 내 취미가 여행이라고.
창덕이가 읍내에 붕어빵을 사러 가던 날.
나도 창덕이처럼 모험을 떠나겠다고 결심했어.
용기를 내 아랫마을 부녀회장님 댁에 찾아가 보기로 말이야.
내가 뒷산 바위에 살게 된 후
유일하게 나를 찾아와 준 사람이 바로 부녀회장 아줌마였어.
아줌마는 나한테 밥도 주고 물도 주고 꿀떡도 줬지.
겁쟁이였던 나는 매번 먹을 것만 먹고 도망치기 바빴고.
그런 나한테 실망한 아줌마가 뒷산에 다신 오지 않을까 걱정하며
매일 아침 바위에 앉아 아줌마를 기다렸어.

언제부터였을까.
그래, 어쩌면 나는 아줌마를 기다리고 있었나 봐.
내가 그 사실을 알게 되기까진 꽤 오랜 시간이 걸렸어.

창덕이가 읍내에 가던 날,
그러니까 내가 아줌마 집을 찾아갔던 그날.
그렇게 나에게도 새로운 가족이 생겼어.
참 내 마지막 이름은 차돌이야. 강차돌.
그냥 그렇다고.
그럼 안녕.

글·그림 김승연

한 번 보고 잊혀지는 책이 아닌,
읽을 때마다 새롭게 다가와 평생 옆에 두고 볼 수 있는
친구 같은 그림책을 꾸준히 만들어 갈 계획입니다.
2017년 〈날개양품점〉과 2018년 〈두 번째 날개양품점〉으로 개인전을 열었습니다.
지은 책으로『여우모자』,『얀얀』,『마음의 비율』,『날개양품점』이,
그린 책으로『하루 5분 아빠목소리』,『어느 날,』등이 있습니다.

오브젝트 생활연구소

오브젝트는 다양한 창작 활동을 중심으로 운영되는 플랫폼이자
사물을 만드는 브랜드입니다.
사물의 제작을 넘어서 출판을 포함한 다양한 콘텐츠를 통해
창작자들을 대중에게 소개하고 있습니다.